AF277066

LA REBELIÓN
DE LOS SIERVOS

FEDERICA MONTSENY

Legu, kopiu, diskonigu, reverku,
kantu, muzikigu, kriu, recitu
ĉi Libron, Diskonigu la Ideon!

Llegiu, copieu, difoneu, reescriviu,
canteu, musiqueu, crideu, reciteu
aquest Llibre, Difoneu la Idea!

Leer, copiar, difundir, reescribir,
cantar, musicar, gritar, recitar
este Libro, ¡Difundid la Idea!

La rebelión de los siervos

Texto: Federica Montseny

Edición: Jordi Maíz | Juan Cruz | Raúl Montilla

Prólogo: Ángel Lejarriaga

Lumbre. 02, 11x16 cm, 95 p., 2025

CALUMNIA EDICIONS
calumnia-edicions.net

PIEDRA PAPEL LIBROS
piedrapapellibros.com

noviembre de 2025
ISBN 978-84-129699-8-6
DL: PM 00822-2025

LA REBELIÓN
DE LOS SIERVOS
FEDERICA MONTSENY

PRÓLOGO

La rebelión de los siervos fue publicada el 25 de marzo de 1932 en *La Novela Ideal*, nº 294, colección perteneciente a *La Revista Blanca*, editada por Soledad Gustavo y Federico Urales. Esta obra debería leerse como un gesto consciente dentro de una estrategia cultural y política que el anarquismo ha impulsado desde el principio de su existencia: la literatura puesta al servicio de la enseñanza y la movilización social. Su autora, Federica Montseny (1905-1994), fue una figura relevante dentro del movimiento libertario ibérico, ministra de Sanidad durante la II República española y escritora prolífica; no escribía para una élite intelectual, sino para los talleres, los cortijos, las bibliotecas populares, para los centros obreros. Las treinta y una páginas de este libro de intensidad narrativa encarnan la idea de que la palabra escrita no sólo es un vehículo de conocimiento, sino también un arma para organizar la cólera y perseguir la utopía.

La lectura de esta novela me ha retrotraído a dos libros de diferente factura, uno de narrativa y otro de ensayo, que pueden aportar riqueza al análisis. Me refiero a un relato: *El mexicano* (1911), de Jack London (Piedra Papel libros, 2025); y al magnífico trabajo realizado por Lily Litvak en *El cuento anarquista (1880-1911)* (Fundación Anselmo Lorenzo, 2003). Estos dos textos permiten apreciar la hondura ideológica y la potencia estética de *La rebelión de los siervos*, enmarcándola en una historia general de la literatura de inspiración social.

El primer nexo con el texto de Federica Montseny lo ofrece Lily Litvak, y es la devoción anarquista por la cultura como práctica emancipadora. En su esmerado estudio, encuentra rasgos comunes y definitorios de la literatura que se expone en los periódicos ácratas, que claramente están contenidos en *La rebelión de los siervos*: compromiso con su tiempo, reafirmación en las ideas y esperanza, sobre todo esperanza; aparte de un carácter didáctico y una apuesta por la educación como motor transformador. El protagonista de la novela es Manuel, un siervo de un cortijo andaluz que se convierte en la síntesis perfecta de esa confianza en la cultura: autodidacta, lector empedernido y enemigo declarado de la injusticia y la explotación a la que se ven sometidas las personas que mantienen los campos para mayor beneficio de los terratenientes. La figura del campesino que lee no es anecdótica, es la imagen política misma de la creación revolucionaria. Litvak así lo destacó en su libro. El universo libertario que ella estudió hacía énfasis en la difusión del saber entre las clases populares; no sólo pretendía despertar la conciencia sobre su condición económica, social y política, sino desarrollar al máximo sus capacidades críticas.

Lily Litvak calificaba esta explosión cultural como «literatura proletaria» que en el caso de *La rebelión de los siervos* podemos denominar también como «novela social», caracterizada por estar centrada en los problemas cotidianos de los desheredados de la tierra, escrita con un estilo claro, directo y de fácil comprensión para un amplio público.

La narración se centra en las condiciones de opresión en que viven sus protagonistas. El estilo de Federica Montseny es lírico cuando es necesario, crudo y directo cuando la acción lo exige. Su escritura no disfraza la realidad con manierismos inútiles, propios de la época, la transforma en testimonio y en un grito de denuncia; la tensión dramática no decae a lo largo de la narración, se mantiene desde el principio hasta el desenlace final. Litvak destaca en su estudio que en los relatos libertarios la «trama» es con frecuencia soporte de una idea más amplia: la explotación, la utopía o la revolución; Federica Montseny consigue mantener la coherencia de la historia que nos cuenta y, al mismo tiempo, desplegar el programa moral y político de las ideas que pretende resaltar.

Los temas que destacan en la literatura libertaria, según Litvak, suelen ser: la naturaleza, la burguesía, el clero, el ejército, la guardia civil, la miseria, la delincuencia, la condición de la mujer, la vida del campesinado, la explotación industrial, la militancia revolucionaria, la acción directa, la moral anarquista y la utopía anárquica. Bien, pues gran parte de estos elementos están contenidos en esta pequeña novela. Por ejemplo, la relevancia de la mujer dentro del universo libertario, su necesaria y urgente emancipación. Montseny dota a su personaje Carmencilla de una densidad trágica y heroica: tullida, solitaria, resignada a su condición y valiente. Ella es un símbolo de abnegación y sacrificio cuando llega el momento. Pero no sólo ella se convierte en denuncia activa de la condición de la mujer, la madre de Manuel, Rosa, y otras campesinas que son tratadas como animales de trabajo de usar y tirar. El abuso y la violación por parte de los amos están presentes cotidianamente en sus vidas. El mensaje que transmite la autora es evidente: no puede haber revolución sin emancipación femenina, ambos hechos están intrínsecamente unidos.

Si pasamos a comparar *La rebelión de los siervos* con el relato *El mexicano*, de Jack London, encontramos afinidades sorprendentes a pesar de las diferencias de situación geografía, tiempo narrativo y ambiente. London escribe una fábula caracterizada por la entrega incondicional a la revolución: Felipe Rivera, joven boxeador, apuesta su cuerpo; en sí, su vida y su destino, a la financiación de la revolución que se está gestando en México, su país natal. Por su parte, Federica Montseny hace que Manuel convierta el amor al conocimiento y el odio de clase en combustible militante. Ambos relatos mitifican figuras que ofrecen sus vidas a una causa mayor, y revelan cómo la violencia puede ser una táctica de restitución y regeneración frente a la violencia sistemática del «poder», en cualquiera de sus representaciones. London muestra la instrumentalización del espectáculo del boxeo, el ring y las apuestas como perfil de explotación; Felipe Rivera convierte cada uno de los golpes que recibe en un gesto político. Por su parte, Federica Montseny encuentra en el cortijo y en la lucha guerrillera un teatro de desigualdades enconadas, donde la ley está del lado de los propietarios y la idea de justicia es una vana ilusión. Las dos narraciones sitúan en primer plano la dimensión ética de la violencia revolucionaria, no la celebran, la inscriben en una lógica de defensa, de respuesta a la represión y al hambre. En los dos casos, la violencia posee rostro humano, no es un concepto abstracto, sino un acto que exige responsabilidad y que pasa por la inmolación individual. Esa humanización de la revuelta es uno de los atributos más potentes de la tradición anarquista y de la narrativa social.

Merece especial atención la dimensión simbólica de la naturaleza y el paisaje, que Litvak destaca en su libro, y que Federica Montseny refleja en la ambientación de la novela; sitúa la rebelión en un mundo rural donde el fuego devasta campos y cortijos. La tierra que había sido espacio de miseria y explotación, se convierte en un espacio dantesco. La naturaleza no es un simple telón de fondo, es testigo y víctima, y a la vez medio de emancipación, que espera lograr una reconciliación en el futuro mediante la colectivización de la tierra y los medios de producción.

Finalmente, es importante subrayar la función pedagógica de la obra. Montseny escribe para gente humilde poco o nada ilustrada, lo hace con sencillez, modela personajes arquetípicos y despliega una moral de la resistencia. London en *El mexicano* hace algo parecido, aunque con otra estética y un escenario diferente, pero en suma pretende sensibilizar al lector acerca de la urgencia del compromiso con la lucha revolucionaria.

Leer hoy *La rebelión de los siervos* es reencontrarse con una tradición que no ha perdido su capacidad subversiva, y con la convicción de que el conocimiento y la solidaridad son los instrumentos más eficaces contra las relaciones de dominación. Federica Montseny nos recuerda en *La rebelión de los siervos* que la literatura es formativa, y que la ficción, lejos de ser mero entretenimiento, puede convertirse en una escuela de lucha. En esta lección se inscri-ben tanto los cuentos anarquistas que Litvak rescata en su estudio como *El mexicano*, de Jack London; las tres obras nos hablan de la misma urgencia ética, y proponen, cada una a su manera, una estética de la resistencia.

El lector que se sumerja en estas páginas va a encontrar una trama bien construida y una auténtica pedagogía de la dignidad. Manuel, Carmencilla y demás compañeras forman parte de una genealogía de la insurrección en la literatura, que nos interpela desde el pasado y reclama una lectura activa. La rebelión que propone Federica Montseny es, en definitiva, una llamada a la memoria y a la acción; podríamos decir que se trata de un manifiesto en miniatura, una proclama que nos anuncia que conseguir la libertad y la emancipación social no resulta gratis, sino que exige tiempo, voluntad transformadora y sacrifico.

Ángel E. Lejarriaga

LA REBELIÓN
DE LOS SIERVOS

01
MANUEL

Amanecía. Sobre la hierbecilla corta de los prados y de los caminos brillaban, como perlas, las gotas de rocío. De los montones de estiércol, de las primeras tierras bañadas por el astro del día, salían montoncitos de humo, el vaho de la tierra calentada, el vapor difuso escapado de su hervidero de vidas.

A lo lejos, la mole blanca de Los Morales, levantado en un pequeño altozano, como reclinado en las primeras estribaciones de la sierra, adquiría un contorno fantástico.

Después eran las enormes planicies, la inmensidad de los prados, de las dehesas, de día llenas de rebaños, de noche bañadas por el claror de la Luna y la luz tenue de las estrellas.

¡Cuántas veces las había cruzado Manuel, desde chico, siguiendo a los pastores;

ya de mozo, acompañando a los boyeros, espoleando a los caballos, embistiendo sobre un potro sin montura a los toros bravos! Muchos días caminando, junto al pelotón de gañanes, hacia el punto de cultivo, el valle, el sembrado o el regadío lejanos. Eran horas de camino sobre las dehesas, hasta llegar al tinado donde unas veces dormían las bestias y otras los hombres; algunos hombres y bestias revueltos.

En esta madrugada dominguera, fría, serena y pura, mientras avanzaba con rápido paso hacia Castillares, todo ese pasado suyo, bravío y solitario, de trabajo, de privaciones, de vida selvática y ruda, iba desfilando ante sus ojos.

Manuel era alto, robusto, tipo arrogante de andaluz fino. Tenía la solidez de un gañán y la elegancia vaga, que convertía en sueltos y airosos sus movimientos, en los otros pesados y torpes, de un aristócrata. Sus ojos, muy negros, su cabellera de endrina, sus labios finos, sombreados de sedoso bozo, su frente despejada, reunían la belleza silvestre de su madre y la distinción de modales, el señorío, del que las malas lenguas señalaban como su padre.

Hasta los 15 años, Manuel no fue más que Manoliyo, el chico de la Rosa. Después fue Manolo, el gañán más bien plantado de Los Morales; por último, ya ahora, Manuel era Manuel Moreno, bien conocido de los terratenientes y de la burguesía de la provincia, y particularmente de Castillares.

Jamás acudió a escuela alguna. Su madre era una pobre muchacha espigadora, que entró de jornalera en Los Morales, sin más riqueza que sus brazos y su hermosura.

Un día la Rosa alumbró aquel vástago, nacido como un gatito sobre un montón de paja. ¿Quién era el padre? Malas lenguas señalaron en seguida al señorito, el hijo del amo, estudiante que pasó aquel año sus vacaciones en el cortijo y que iba siempre pegado a la Rosa como la sombra al cuerpo. Pero otros gañanes se pegaban también a la garrida humanidad de la espigadora, que quedó en el cortijo en calidad de criada. ¡Cualquiera podía, pues, asegurar quién era el padre!

La Rosa era ya una muchacha sin padre, nacida como su hijo de una madre como ella. Sin embargo, la Rosa no era ninguna mujer mala. Era, sencillamente, una flor agreste, muy besada por el sol, hija de una raza sensual, de ardiente sangre, voluptuosa e instintiva, sana y espontánea como las bestias.

Como ella, ¡cuántas otras Rosas había, y cuántos Manueles iban naciendo así, con divina inconsciencia, criándose entre las patas de los caballos, mamando de las ubres de las mujeres y de las vacas; creciendo, viviendo, siendo explotados y muriendo en el anonimato, en la condición animal de los antiguos rebaños de siervos!

Pero, ¿de dónde le vino a Manuel el gusto por la lectura, el empeño insólito de saber, que le hizo aprender de letra solo, contemplando horas y horas un viejo abecedario, mientras guardaba las cabras del amo —ayer el señorito Pepe, hoy don José—? ¿Quién puede saberlo esto?

Y, ¿de dónde le vino aquella rebeldía endiablada, aquella arrogancia con que, ya mocito, miraba cara a cara al amo, que no se atrevía a echarle, contemplando con cierta sorpresa su bozo incipiente, sus ojos y su boca desdeñosa, hermanos gemelos del bozo, los ojos y la boca de un retrato suyo, de cuando era mocito pinturero y estudiante?

Solo un día le dijo a la Rosa, porquera vitalicia en Los Morales, por gran bondad del amo:

—Has educado muy mal a ese cachorro. Cualquier día tendré que darle un disgusto.

La Rosa inclinó la cabeza. ¡Ya se cansaba ella, pidiendo humildad y compostura al mozo! ¡Pero si era así y, por lo demás, más bueno que él para su madre no lo había!

***

Todos estos recuerdos iban bailando en el pensamiento del mozo a medida que avanzaba hacia Castillares. Veía ya a lo lejos el pueblecillo, punto de reunión de cien cortijos diseminados por la encontrada.

Era Castillares la meta de sus caminatas domingueras. Allí iban a parar, cada quince días, los gañanes y trabajadores de todo el vasto término. Allí había un modesto centro obrero y en él una biblioteca, fuente única de saber para el mozo.

Desde los 15 años se habituó a visitar, casi semanalmente, Castillares. Y allí se fue formando su cabeza, cultivando su inteligencia viva, brotando de la larva el hombre que ahora era. Leía insaciablemente, encerrado horas y horas en la pequeña pieza, devorando y volviendo a devorar los mismos libros, los periódicos que llegaban, generándose su rebeldía, formulándose en él las ideas. Con esa admirable, prodigiosa espontaneidad con que germinan en el alma del campesino andaluz, así germinaron en la de Manuel. Las asimiló en seguida, abonándolas con todo el dolor, con toda la injusticia que sus ojos veían, penetrando en él y formando pronto como una segunda naturaleza.

En el centro había café, sala de baile. Los hombres, los mozos y las mozas jugaban y bailaban separados con un tabique de él, del soñador estudioso que leía y quedaba a veces extático mirando hacia adentro, pensativo, con los ojos cándidos como iluminados.

Veinticuatro años contó Manuel sin que se le conociera ni una novia, a pesar de que las zagalas le seguían con los ojos, le sonreían provocativas, contemplaban interesadas a aquel mozo arrogante, estudioso, tan distinto de los otros.

Trabajaba en Los Morales de gañán. Pertenecía el cortijo a un ricachón cordobés de rancia familia serrana. Don José, el dueño actual, no era ni mejor ni peor que los otros. Venía cada mesada a ver cómo andaban los trabajos y a echar un vistazo a los rebaños, acompañado del administrador, verdadero dogo, servil con el amo y feroz con los asalariados, a quien todos odiaban.

Aquel mocosuelo, que corría por las cochiqueras agarrado a las faldas de su madre, medio desnudo y que le iba alejando, de año en año, el recuerdo de aquella noche de junio con Rosa pasada en el pajar del cortijo, se le fue haciendo hombre y convirtiéndosele en el Anticristo de sus posesiones. Allí donde levantaban él o el administrador la voz contra un gañán; allí donde su concupiscencia distinguía a una espigadora; allí donde su soberbia de amo alzaba su mano sobre un mozo o un viejo, surgía la elevada estatura de Manuel, sus ojos, si mansos con los unos, sombríos y duros con el dueño; sus manos, que retorcían muñecas como si fueran gaznates de palomos.

Un día, después de una palestra de estas, hizo llamar al mozo a su despacho. Acudió Manuel con el ceño fruncido y dispuesto a aguantar mecha:

—¿Qué se le ofrece, don José?

Jamás le había llamado «mi amo», como decían servilmente los demás gañanes.

—Mira, Manuel: no te quiero mal, y la prueba de ello es que, a pesar de tus desplantes y de las veces que me has perdido el respeto, te soporto en el cortijo, aunque solo sea por consideración a tu madre, durante tantos años a mi servicio...

Los ojos del muchacho relampaguearon. Su frente sonrojase. La afrenta que le dio vida, que la madre, en su inconsciencia y en su sumisión de siglos, no sentía, la llevaba él sangrando en el alma.

—Siga usted, don José —dijo duramente.

—Sigo, sí. Podría echarte, pero no quiero portarme mal contigo. Sin embargo, no estoy dispuesto a que sientes el mal ejemplo de tus rebeldías ante mis gañanes, tan bien disciplinados hasta ahora. Y voy a llevar mi benevolencia hasta el extremo: si te sientes mal aquí, si tienes más aspiraciones de vida y quieres marchar de Los Morales, de la comarca, aun de España, e irte a probar fortuna lejos, no te faltará una mano para empujarte. No soy mal hombre, Manuel, y te tengo ley. Aquí no estás bien y algún día, pese a mis buenos deseos, me vería obligado a denunciarte a la guardia civil como anarquista. Elige, pues.

—Ya hace rato que he elegido. Me quedo en Los Morales.

—¿Dispuesto a portarte bien?

—¡Yo me porto bien en todas partes!

—Ya me entiendo yo. ¿A no darme disgustos?

—¿Qué disgustos le doy yo? ¿Soy acaso algún individuo de su familia? Si me deja usted en paz y no hiere ni mi sensibilidad ni mi dignidad de hombre con sus actos y sus palabras, en paz le dejaré yo. ¿Qué más quiere?

—¡No me irrites, Manuel, no me irrites! Piensa que soy tu amo y que durante muchos años has comido el pan que yo te he dado.

La frente de Manuel, de roja, volviose purpúrea. Se irguió, gigantesco casi, y adelantó un paso hacia don José.

—¡El pan que usted me ha dado! ¡El pan que empecé a ganar tan pronto como pude arrastrarme y guardar un rebaño de cabras; el pan que antes había ganado mi madre a cambio de resignarse a ser una bestia de carga y de placeres! ¡Su pan! ¡Oh, usted sí que come el pan que nosotros amasamos con nuestro sudor, que elaboramos con nuestra vida! De nuestra miseria, de nuestra miserable condición nace su fortuna. Es usted el amo porque estos pobres parias se dejan explotar, exprimir como uvas en el lagar, pisotear como el estiércol que abona sus huertas. Si un día despiertan, si un día se dan cuenta de la monstruosidad que es que usted engorde y se enriquezca con nuestro esfuerzo, que usted lleve en un dedo, en un botón de la camisa lo que ellos han producido con miles de horas de encorvarse sobre los surcos, de abrasarse bajo el sol, de trabajar y de mal comer, ¡oh, entonces, cuán pronto concluirá esta inconcebible injusticia! ¡El amo, es usted el amo! ¡Será usted el amo de los que se sientan perros! ¡De mí, no lo es ni lo será nunca!

—¡Vete, Manuel, vete! —rugió don José—, o no respondo de mí.

Manuel encogiose de hombros, volviose y salió del despacho.

Don José marchó de Los Morales al día siguiente y pasó cuatro o cinco meses sin acercarse al cortijo.

02
LOS MORALES

Por la noche, el cortijo era otro hervidero de vidas. Hombres y bestias se reunían en sus cuadras. Oíase el rumor de las voces, mezclado con los rugidos de las vacas, el balar de los carneros, el gruñir de los cerdos, los ladridos de los perros.

En las dos enormes cocinas, las noches de invierno se amontonaban los gañanes. En la una, los mayorales, la familia del colono, los vaqueros; en la otra, que allí también las clases estaban divididas, los mozos y pastores. Alrededor del buen fuego chisporroteante, los chistes, las palabrotas, las carcajadas, se sucedían.

Manuel, que por su especial condición de hijo del cortijo y de posible bastardo del amo, hubiera podido estar en la cocina de 1ª, no franqueaba sus umbrales. Sentado frente a una mesa, leía con la cabeza entre los codos, tapándose las orejas cuando el ruido se hacía ensordecedor. Poco a poco, los demás gañanes se fueron interesando en sus lecturas. Y a veces, cuando era una cosa corta y que él sabía había de llegar al corazón rudo y a la inteligencia rudimentaria de sus oyentes, levantaba la voz y decía:

—¡Eh, muchachos, oíd esto!

Sus ojos, muy negros, brillaban como carbunclos y su palabra, al leer, después de una larga práctica de lecturas silenciosas, sonaba vibrante y cálida.

Insensiblemente, Manuel fue cobrando influencia entre los suyos. Aquel mozo algo sombrío, el primero en el trabajo, afectuoso y cordial con los trabajadores; arrogante y altivo ante los mayorales, el administrador y el amo, tan simpático, tan raro en sus cosas, que, nacido como ellos, educado como ellos, sabía mucho más que ellos, se fue haciendo una aureola de respeto y de secreta admiración alrededor suyo.

Todos iban a consultarle las cuestiones espinosas. Si una riña surgía, terciaba en ella Manuel y todo quedaba arreglado. Si un gañán tenía que escribir a la madre o a la novia, a Manuel se iba y el mozo sabía hallar en su corazón las palabras más dulces y sencillas. Si una injusticia se cometía contra los mozos, Manuel erguíase en nombre de todos, desafiando al mayoral, al colono, al administrador, al amo.

Los menos buenos decían:

—Él puede hacerlo. Si nosotros lo hiciésemos, ya estaríamos despedidos. ¡Pero como él es un cachorro del amo!

Algo de razón había en ello. Don José no era ni mejor ni peor que cualquier otro amo. Pero aquel muchacho que se parecía a él como una gota de agua a otra gota; aquella mirada altiva y aquel bozo que le recordaban los años mejores de su vida, podían en su alma más de la cuenta. Además, sin saber cómo, sufría igualmente el ascendiente del mozo. En su fuero interno lo comparaba quizá con su hijo legítimo, vicioso y semiimbécil, y pensaba:

—¡De otro modo iría mi hacienda cuando yo muera, si fuese este mocito el futuro marqués de Cala!

La Rosa vivía, con su hijo, en la heredad. Cuidaba de los cerdos, como desde el primer día que se quedó allí; barría los patios, cosía la ropa; medio criada, mitad colona, en una situación tan especial como la de Manuel, vis a vis de la gente y del amo.

Don José, sin embargo, no volvió a sentir veleidad alguna par la robusta y garrida moza. La conservaba allí porque le servía bien y porque ella, sumisa y discreta, jamás osó recordarle lo que podía haber de común entre ellos.

Manuel quería a su madre con una mezcla de piedad y de ternura y de íntimo desprecio. Sentimiento doloroso que le recluyó aún más en sí mismo, que hizo aún más solitaria, más desamparada de cariños su vida.

La Rosa, por el contrario, amábalo violenta, apasionadamente. ¡Cuántas veces, dormido el mozo, velaba su sueño, mirándole con ojos extasiados de enamorada, acariciaba sus rizos rebeldes tímidamente, mirándole con expresión de gacela asustada, temiendo sus arranques, haciéndose más servil, la pobre, con el amo, cuando una arrogancia de Manuel la hacía temblar por su suerte y la de su hijo, si don José se enfadaba y los echaba del cortijo!

A él, a Manuel, nada osaba decirle. ¡Sabía tanto! Y el hijo, cuando la veía rebajarse ante el amo, sentía encendérsele la sangre.

Un día, hubo una escena particularmente dolorosa. Don José, presente en la finca, aprobó una brutalidad del administrador, que despidió a un obrero porque se fue a su casa sin permiso, al saber que tenía una criaturita enferma.

Manuel, en el zaguán del cortijo, encontrose con el dueño:

—Don José: es preciso que Toñón vuelva inmediatamente al cortijo. Lo que ha hecho el administrador es una infamia, pues harto sabía él que tenía una criatura enferma. Y aunque no lo supiese, su falta no es tan grave para merecer semejante castigo.

—Mira, Manuel —dijo el amo, de mal humor—, cuídate de tus cosas y no te metas en las mías. Toñón ya está despedido y basta.

—Toñón no está despedido. Está en el cortijo porque yo le he dicho que en él se quedara.

—¿Y quién eres tú para decírselo?

—Soy yo mismo. ¡Ni más ni menos! Y mire usted, don José: podría decirle: si Toñón es despedido, todos los gañanes nos solidarizamos con él y dejamos el trabajo, aunque nos espere la miseria. Pero no se lo digo. Me contento con decirle: su administrador es un ladrón que se enriquece con nuestro sudor y con los cuartos que le roba a usted, si bien esto último no tiene importancia, por aquello del refrán: «Quien roba a un ladrón ha cien años de perdón». Su administrador es un mal hombre, que no vacila en poseer por el terror a las espigadoras y en doblegar por la miseria la resistencia de las mujeres de la colonia. Su administrador es un miserable, al que, si no le despide usted, voy a romper cualquier día los huesos o la cabeza. Y si usted, sabiendo todo esto, sostiene en su sitio al administrador y no readmite a Toñón, será usted tan mal hombre y tan miserable como él.

Don José se volvió de púrpura.

—¿A mí, osas decirme a mí esto? —barbotó, avanzando hacia Manuel con la mano levantada.

El joven le cogió la muñeca en el aire, retorciéndosela hasta hacerle lanzar un gemido:

—¡Así! —rugió el muchacho, con los dientes apretados—. ¡Así se trata a los amos, a los zánganos, a los que nos mandan, nos beben la sangre y encima nos quitan la honra! ¡Ha querido usted pegarme, señor don José! ¡Ha querido usted pegarme, a mí, a Manuel, su gañán, su perro, su cosa, quizá su hijo, para mayor rabia y vergüenza mía! ¡Y yo, ya ve usted, teniendo derecho, no habiendo en el mar bastante agua para apagar la sed de mi odio, me contento con retorcerle la mano ladrona que nos roba el pan y nos robó la honra!

—¡Manuel, Manuel, hijo mío! —gritó la Rosa, que acababa de entrar en el zaguán y que presenció el fin de la querella.

—¡Déjalo! —dijo don José—, ¡déjalo que hable, tu lobezno! ¡Os voy a echar a los dos del cortijo! Basta ya de contemplaciones. Y dad gracias a Dios porque no lo entrego a la guardia civil por amenazas y atentado de obra.

La Rosa prorrumpió en sollozos, acercándose al amo con las manos implorantes.

—¡Perdónele usted, don José! No sabía lo que se hacía. Es así, arrebatado; pero es bueno y ningún mal quería hacerle.

Manuel, encendido como un pimiento, tembloroso de indignación, cogió violentamente a su madre por los hombros:

—¡Calle usted, madre, calle, si no quiere que pierda el juicio, y el respeto, y todo! No suplique, no llore, no se humille, si no quiere que acabe por aborrecerla. ¿Tan poca dignidad hay en usted; tan embotado está en usted todo sentimiento de amor propio; tan habituada está usted a que se la considere menos que un perro, que una cosa, que ni valor para mirar a este hombre cara a cara le queda? ¡Váyase a su cuarto y no se meta en mis cosas!

La Rosa, espantada por la expresión iracunda del muchacho, retrocedió, refugiándose en un rincón. Don José, con ademán descompuesto, salió del zaguán.

No despidió a Manuel, pero obstinose rabiosamente en no readmitir a Toñón.

Y en Los Morales se produjo el primer caso de rebeldía registrado en los anales de su larga historia de omnipotencia rural y de despotismo: la gañanía se declaró en huelga, amenazando con pegar fuego al bosque y a los campos de trigo, si no se readmitía a Toñón y si no se despedía al administrador.

Manuel era la cabeza de este movimiento.

Don José resistió como un condenado. Hizo venir la guardia civil al cortijo, pero cuando llegó el momento de haber de denunciar a Manuel, que estaba en el monte, en la barraca de un amigo carbonero, no tuvo fuerzas e hizo detener al desdichado Toñón, causa de todo el conflicto.

¡Aquí fue Troya! Saber los gañanes que Toñón estaba preso y pegar fuego al primer campo que se les vino a mano, fue todo uno. Desde Los Morales vio don José el incendio que avanzaba y a Manuel con una antorcha, que cruzaba la dehesa a un tiro de fusil, yendo hacia el bosque, con ánimo manifiesto de pegarle fuego.

Un civil, de guardia en el cortijo, se echó el máuser a la cara:

—¿Le pegó un tiro, señor marqués? —dijo al amo.

—¡No! —prorrumpió don José temblando de espanto y de angustia—. ¡No, no!

Solo, sin querer la compañía de nadie, echó a correr hacia Manuel, alcanzándolo:

—¡Manuel, Manuel! —gritó, jadeante, cuando estuvo a pocos pasos suyos.

—¿Qué quiere usted? —dijo el mozo, deteniéndose.

—Que no pegues fuego al bosque.

—Suelte usted a Toñón y despida al administrador.

—Soltaré a Toñón y despediré al administrador. Hasta si quieres te haré administrador a ti. ¿Quién mejor que tú?...

Manuel le interrumpió con un gesto airado:

—No siga usted. Yo me voy del cortijo con mi madre, si quiere seguirme. Si no, que se quede ahí.

—¿Por qué, Manuel? Yo no soy malo. Hubiera podido hacerte mucho daño y no te lo he hecho.

—Le desprecio y me despreciaría a mí mismo, si aceptase algo de usted. Adiós.

Se arregló el conflicto, pero Manuel obstinose en marchar de Los Morales. Dejó a su madre allí, con la condición de que, cuando tendría trabajo seguro, iría a buscarla, y se ausentó del término.

03
EL CORTIJO DEL VALLE

Manuel entró de gañán en el cortijo del Valle, vieja heredad situada a muchos kilómetros de Los Morales. Inseguro aún en su sitio, no llamó a su madre a su lado, yendo a verla cada fiesta, recorriendo tres horas de camino para ir y tres más para volver.

En el cortijo del Valle había menos gente que en Los Morales. Estaba situado en un pequeño valle, formado por dos estribaciones de la montaña, casi en el mismo corazón de Sierra Morena.

Una familia, compuesta de matrimonio y dos hijas, lo administraba. Tenían cuatro o cinco gañanes para el cultivo de la tierra, y tres pastores, para conducir los rebaños vacunos y caballares. Las dos muchachas cuidaban de las cabras y ovejas. Contaban la una 20 y la otra 17 años.

La menor, María, no era fea. Tenía la gracia áspera y la belleza de una flor silvestre. Sus mayores viajes, sus únicos contactos con la civilización, eran una anual asistencia a la feria de la cabeza de partido.

La mayor, Carmelilla, merecía cuenta aparte.

A consecuencia de una caída, de chica, quedó contrahecha. Tenía una espalda más alta que la otra y se crió enclenque, flacucha, mustia. Muy morena, con hermosos ojos negros, de mirada mansa y triste, se exhalaba de ella un hálito de profunda melancolía.

Su misma tristeza, su propia fealdad dolorosa, la aislaban del resto de escasos seres que poblaban aquel rincón del mundo. Huraña, sintiéndose poco amada por los padres, que la consideraban una carga; por la hermana menor, que la odiaba porque los autores de sus días se obstinaban en no dejarla casar a ella hasta haber colocado a su difícil hermana, vivía siempre entre las bestias, los perros y las cabras, que suplían, con sus caricias, la falta de ternura de los seres humanos.

Sin saber por qué, por su misma miseria, por la huella del dolor moral y físico que había en aquel pobre semblante, por su mismo retraimiento y timidez salvaje, Carmelilla llamó la atención de Manuel, atrajo su compasión afectuosa.

A veces la encontraba por los prados, guardando su rebaño, envuelta en una manta parda, amamantando, con biberón, a algún corderillo o a alguna chivita.

Sus ojos se levantaban temerosos hacia él, contestando con medias palabras a su saludo y a sus preguntas.

—¿No tienes frío, muchacha? —le preguntaba Manuel, por decir algo.

—No —contestaba ella bajando la cabeza.

—¿Le ha dejado la madre a ese rorro? —agregaba el muchacho, señalando al recién nacido.

Una vaga sonrisa iluminaba el rostro flaco, pardusco, en el que solo los ojos tenían hermosura y nobleza:

—Se lo hemos quitado, y yo me cuido.

—¿Cuántos años tienes, Carmelilla? —le preguntó un día Manuel, convencido de que era la menor.

—Veinte —contestó ella con voz sorda.

—¡Veinte ya! —prorrumpió el mozo con asombro—. ¡Nadie lo diría! ¿Así que tu hermana es menor que tú?

—¿No lo parece, verdad? —dijo la joven, con dulce tristeza—. ¡Ya se ve! ¡Me he criado yo siempre tan esmirriada, tan flacucha y tan fea!

Estrechó al corderillo contra su pobre pecho escuálido. Y no volvió a levantar los ojos hacia Manuel.

Desde aquel día, el joven procuró dirigirle siempre una palabra de alegría y de afecto.

Carmelilla, que jamás se había visto tratada con ternura, recibió primero con sorpresa, luego con reconocimiento, al fin con ilusión indecible aquella afectuosidad del muchacho. Procuraba ir siempre con el rebaño a donde Manuel trabajaba y se sentía feliz solo con conseguir que él la viese, que levantara la mano y la gritase

—¡Buenos días, Carmelilla!

Los domingos, cuando Manuel se iba a visitar a su madre, Carmelilla, sin ser vista, dirigíase al cuarto donde el muchacho dormía, contemplando, extasiada, todas sus cosas. Pasaba las manos por sus libros, mirándolos golosamente. ¡Cuántas cosas bonitas debían decir! Carmelilla no sabía de letra.

Era ella quien zurcía su ropa, primorosamente, aplicándose en educar a sus pobres dedos torpes.

Aquella simpatía creciente, aquella especie de adoración recóndita, inconsciente, muda, de la muchacha por Manuel, no escapó a las miradas inquisitivas de María.

Pero el día que la menor osó darle una broma, osó decirle, burlona y perversamente:

—¿Qué te crees? ¿Que Manolo va a fijarse en ti, fea y jorobada como eres?

Carmelilla, tan mansa siempre, por poco la ahoga.

—No me lo digas más esto, nunca más... —dijo luego la chica, temblorosa y mientras su hermana se palpaba el cuello amoratado—: Le quiero a Manuel porque es el único ser bueno conmigo, que no me desprecia, que me tiene lástima y que tiene corazón en el cortijo. Tú eres mala, María. Si no lo fueses, no me harías tanto daño, burlándote de mí, ofendiéndome en la pureza de lo que siento y de lo que hago por Manolo. ¿Piensas que no lo sé que soy fea, que jamás hombre alguno se enamorará de mí? Por ello mismo habríais de quererme más, padres y tú; por ello me demuestra afecto Manuel y por ello yo se lo agradezco tanto.

Un día festivo que llovió a mares, Manuel se quedó en el Valle, prescindiendo de ir a Los Morales. En la cocina, caldeada por el fuego, mataba las horas leyendo sus libracos.

Carmelilla, después que hubieran dejado limpios y secos los platos, se sentó a su lado y osó decirle:

—Léame usted algo, Manuel.

—¡Si no va a gustarte, criatura! —dijo el mozo, mirándola y sonriendo.

—¿Qué sabe usted de si me va a gustar? —repuso ella, poniéndose roja como una guinda. El rubor, animando aquella cara obscura y marchita, la embellecía vagamente. Aquel día Carmelilla iba limpia, vestida con una blusa clara y una falda azul marino.

¡Qué sabía Manuel, en efecto! No sabía él, no, que con solo oír su voz, Carmelilla ya estaba contenta.

La leyó algo, lo que le pareció más adecuado para su mentalidad y sentimiento, y la escena se repitió algunas veces más.

María, celosa de su hermana, se unió a ella para pedir que les leyera algo. El goce de la infeliz Carmelilla decrecía con la presencia de un tercero y con aquel ruego unido al suyo, que quitaba ilusión ante su alma a la aquiescencia de Manuel.

¡Pobre Carmelilla! ¡Con qué infinita melancolía la contemplaba Manuel, adivinando lo que pasaba en su alma, viendo a aquella flor de soledad y de miseria, comida por el sol y las privaciones, secada por falta de riego de ternura!

El cortijo del Valle era una heredad paupérrima. Los padres de las muchachas solo eran de él colonos administradores. De las tierras que llevaban por sí mismos habían de pagar arriendo crecido al amo. Eran tanto o mas míseros que los propios gañanes y fueron allí muertos de hambre, sin más fortuna que lo que llevaban puesto.

Una mala añada, un pedrisco, acababa con su aparente señorío de ahora; señorío hecho de humillaciones, de servilismo perruno ante el amo, dueño de siete u ocho cortijos más y de todo el monte y tierra de muchas fanegas a la redonda.

04
UNA EPOPEYA DEL AGRO

Y de allí, precisamente de aquel latifundio, de aquella enorme extensión de tierra propiedad de un solo hombre; de aquel feudo, en que arrastraban su existencia, abrasados por el sol, pagados con un puñado miserable de monedas, comiendo el rancho de las gañanías, el gazpacho tradicional, separados durante semanas y quincenas de sus familias, partió la chispa que generó el incendio.

El advenimiento de la República, cambio de Gobierno no notado por el pueblo, que no vio mejorada su situación ni remediada su miseria, lanzó sobre aquellos hombres la maldición de una lucha de intereses entre sí, de la que ellos solos eran la presa y la víctima. El dueño del latifundio, uno de los más ricos de la comarca, señorón fincado suntuosamente en Córdoba y en Madrid, resolvió no sembrar sus tierras «mientras no acabase esa juerga de la República».

Es decir, decidió matar de hambre a cerca de mil trabajadores, consigna seguida y ejemplo imitado por otros tantos terratenientes, temerosos del comunismo y la expropiación colectiva.

Surgió la primera rebelión, el primer amotinamiento de los sin trabajo, sofocado, no dándoles a labrar las tierras dejadas infecundas, sino enviándoles batallones de guardia civil, que los ametrallaron. Surgió, luego, la primera incautación de tierra por los campesinos, desesperados y famélicos, resueltos a resolverse por sí mismos el problema que el Gobierno no hacía más que agravar con sus medidas represivas, con su actitud, colocándose abiertamente al lado de la burguesía. Vino 1a lucha sangrienta, la respuesta a las violencias gubernamentales, la persecución de los trabajadores, la multiplicación de conflictos, de levantamientos del agro rebelado.

Y surgió, por fin, colocado en el primer plano de la epopeya, Manuel.

Aquellas masas hambrientas y desesperadas, aquellas multitudes de parias seculares, que si durante siglos se resignaron a vivir vegetando, arrastrando su vida, cobrando miserables céntimos por su trabajo de sol a sol; que, mientras tuvieron un mendrugo de pan que llevar a la boca de sus hijos, sufrieron su miseria, rebelándose solo en movimientos esporádicos, a sangre y fuego sofocados, habían llegado a la hez de su calvario. Una cabeza, una guía, una voluntad entre ellos, había de hacerlo todo. Y esa cabeza, esa guía, esa voluntad fue Manuel.

Sin saber cómo, el movimiento, empezado con la gran arma de los agros andaluces: el incendio, se corrió como reguero de pólvora. Ardían los bosques, los pajares, los tinados, avanzando la lengua de fuego hacia los cortijos, abandonados por la gañanía.

La guardia civil, enviada en grandes contingentes, se encontró con un enemigo inusitado y difícil de vencer: el fuego. El estratega del combate —Manuel—, supo organizar de tal forma la batalla que los instrumentos del Gobierno no encontraron ante las bocas de sus máuseres masas indefensas, multitudes de niños y mujeres que ametrallar, sino un cinturón de fuego envolvente, el rojo resplandor de las llamas y el tiro certero de las guerrillas apostadas por la sierra, detrás de los matorrales de los caminos.

Era, de nuevo, la lucha de los franco-tiradores, la guerra social al estilo de los guerrilleros y de los antiguos bandidos políticos.

Y, sobre todo, el anonimato de aquellas guerrillas, de aquel cabecilla que las guiaba, nuevo Espartaco de una nueva gesta.

¿A quién coger, contra quién revolverse sangrientamente?

El capitán de la guardia civil de Castillares fue el primero que identificó a aquel Manuel, misterioso y desconocido.

—Hay una manera de pescarlo. Coger a su madre y decir que no se la pondrá en libertad hasta que él se presente.

—¿Pero quién es su madre?

—Yo lo sé. Una moza del cortijo de Los Morales.

Al día siguiente, cuatro parejas de la guardia civil fueron a buscar a la Rosa y se la llevaron al pueblo, publicando la prensa la noticia y haciéndola vocear por el pregonero de cada pueblo.

La pobre mujer enfermó del susto, pero en su abnegación materna decía a cuantos iban a verla:

—Decid a Manuel que no se presente, que a mí nada puede pasarme y que a él lo matarían si le pillaban.

¡Con qué rabia el capitán de la guardia civil de Castillares y los demás jefes enviados a la provincia, y todos y cada uno de los números, exclamaban!:

—¡Ah, si lo pescamos no será preciso que lo juzgue tribunal alguno! ¡Con qué gusto vamos a dejar seco de cuatro tiros a ese hijo de ramera nacido para amargarnos las horas e ir con el miedo en el cuerpo por estos campos, pensando que detrás de cada piedra puede estar el condenado o alguno de los suyos para tumbarnos patas arriba!

La prisión de su madre acabó de sacar de quicio a Manuel. Si hasta entonces había luchado con el anhelo de realizar su ideal, de llevar hacia la implantación de un mundo más feliz y más justo a sus hermanos de explotación, ahora se batía con rabia, sin más fin inmediato que la venganza de todos los despiadados dolores infligidos a una madre inocente.

05
CARMELILLA

El cortijo del Valle estaba lleno de guardia civil. Apagado el fuego, la fuerza fue ocupando todas las viviendas, acordonando el monte donde suponían que estaban refugiados los rebeldes, pensando en reducirles por el hambre. Ya no eran muchos. Al ir avanzando la fuerza, los menos combativos se reintegraron a sus hogares, cayendo unos en poder de las autoridades y otros burlando la persecución escondidos en sus casas o mudando de pueblo.

Manuel y un grupo de invencibles se mantenían en el monte, pernoctando en las chozas de los carboneros, teniendo organizado un verdadero plan de lucha de guerrilla, de bandidaje moderno en el que revivía toda la grandeza y toda la caballerosidad de los antiguos bandoleros.

Los colonos del cortijo no se habían sumado al movimiento. Por el contrario, servilmente, el padre de Carmelilla se ofreció al sargento de la guardia civil allí destacado para orientarles por el monte, preparando una emboscada a Manuel:

—Ir yo, no, porque luego, en venganza, eran capaces de matarme. Pero yo sé bien dónde deben estar escondidos. Y mejor que yo lo sabe Carmelilla, que ha ido mil veces con el rebaño hasta aquel altozano.

—Yo no sé nada —dijo la muchacha con viveza.

—¿Que tú no sabes dónde está la Roca Picuda?

—Hace lo menos un año que no he ido por allí, y las veces que fui era porque se me extraviaban cabras. Además, ¿cómo sabe usted, padre, que en la Roca Picuda está Manuel? —dijo con calma la muchacha.

—No lo sé de cierto, pero me jugaría cualquier cosa a que está allí. Es un punto muy defendido, al que solo se puede subir por los lados. Ellos deben estar vigilando los dos senderos, pero si se pudiese ganar el pico por un caminillo de cabras que sube desde la torrentera hasta lo alto, se caería en medio de ellos cuando menos lo pensasen y se haría un escabeche.

—¡Ca! —murmuró el sargento, meditabundo—. Hay algo mejor que todo eso.

Carmelilla les observaba inquieta. Oyó cuchichear al sargento con los cabos y vio a la mañana siguiente que el sargento se iba a Castillares, en busca del capitán y seguramente para buscar refuerzos.

La pobre muchacha pasó una noche de terrible angustia:

—¿Y si fuese a avisar a Manuel de que la guardia civil sabe ya dónde está y le prepara una emboscada? Pero, ¿y si no están en la Roca Picuda? ¿Y si no me dejan llegar hasta allí?

Al fin tomó una resolución. Por la tarde del mismo día que el sargento bajó a Castillares, Carmelilla dirigió el paso del rebaño en dirección de la Roca Picuda. Lo dejó a prudencial distancia, al cuidado y guarda de los perros, y se 1anzó monte arriba como un gamo. Sus piernecillas, acostumbradas al escalo, iban salvando los saltos y las rocas. Su figura contrahecha, menuda, parda, desaparecía entre el color obscuro y rojizo de la rocosa montaña.

Cuando enfilaba uno de los dos senderos que llevaban a la Roca Picuda, de entre una mata salió una voz y ante sus ojos centelleó la culata de un fusil.

—¡Atrás! —dijo la voz en tono imperativo.

Carmelilla se detuvo.

—¿Dónde vas?

—Busco a Manuel.

—¿Para qué le buscas?

—Dígale usted que Carmelilla, la del cortijo del Valle, quiere hablarle.

—¿Qué le has de decir?

—Algo que le interesa... Dígaselo usted, se lo ruego. Ya ve que soy una pobre muchacha indefensa.

—¿Y quién me dice a mí que detrás tuyo no viene la guardia civil?

A Carmelilla se le saltaron las lágrimas.

—¡Oh, señor, si precisamente es para avisarle!

El centinela —un mocetón de atezada cara— reflexionó un momento.

—Espera —exclamó.

Desapareció un instante y volvió acompañado de otro campesino.

—Pasa y síguele —dijo a Carmelilla.

Habían andado un centenar de pasos, escalando siempre, cuando Carmelilla atisbó a Manuel, que bajaba, seguido de otro de los suyos.

—Carmelilla, ¿a qué has venido? —dijo el mozo, sonriendo a la muchacha.

La barba, que no había podido afeitarse, negreaba en el hermoso rostro, moreno y altivo, de Manuel.

Carmelilla cruzó las manos, cotemplándole, en éxtasis, durante unos segundos.

Había tanta adoración en aquella mirada, una expresión tan sobrehumana de alegría y de delirante ternura, que Manuel sintiose conmovido hasta saltársele las lágrimas.

—¡Carmelilla, pobre Carmelilla! —murmuró, cogiendo la cabeza de la joven entre sus manos y besándola la frente.

—He venido a avisarle, Manuel —dijo ella, con una sonrisa de reconocimiento—. Los civiles saben que están ustedes aquí y no sé qué preparan.

—¿Quién les ha dicho que nos hallábamos en la Roca Picuda?

Carmelilla palideció, no osando descubrir a su padre.

—Son muchos los que, en conversaciones, señalan este sitio como refugio vuestro. Yo ayer oí una conversación del sargento de la guardia civil con los cabos. Parece que quieren atacaros subiendo por la Torrentera, cuando menos penséis en ello. Esta mañana se ha ido el sargento a Castillares, a buscar refuerzos, seguramente. ¡Es preciso que no perdáis tiempo y marchéis de aquí!

—¿Marchar de aquí? No. ¡Que suban, si se atreven! ¡Cuántos van a morir en este escalo! La Roca Picuda es una fortaleza natural, casi invulnerable. En ningún sitio estaremos tan bien como aquí. ¡Que vengan, que vengan!

—¡Oh, Manuel, serán muchos contra vosotros!

—No temas, chiquilla.

Le acarició la cabeza con mano paternal. Estaba él en pie delante de ella, medio postrada a sus pies, descansando sobre sus piernas cruzadas.

—Gracias, Carmelilla. El vericueto de la torrentera es el que más descuidado teníamos. No pases cuidado, que ahora sabremos defendemos bien, estando prevenidos.

Poco a poco, la muchacha se fue tranquilizando. La noche se le echaba encima y pensó, con terror, en su rebaño abandonado, en la hora en que llegaría al cortijo. Se puso en pie de un salto.

—Me voy, Manuel. Vivid prevenidos. Si algo nuevo supiese... subiría a avisaros.

Manuel la contempló con piedad y ternura. A la luz del crepúsculo, sus hermosos ojos, su carita triste, tenían una belleza patética que impresionaba. El cuerpecillo, enclenque y deforme, desaparecía bajo el brillo de aquellas pupilas de bondad y candor, dolorosas y puras.

—Vete, Carmelilla, vete. ¡Y ojalá puedas ser un poco dichosa!

Torció ella la boca en un gesto que quería ser sonrisa.

—¡Adiós, Manuel! Y que tengáis buena suerte.

***

Llegó al cortijo muy tarde, debiendo contar una serie de mentiras que justificaran su retraso. Que se le había extraviado el rebaño, que había perdido una chivita, que los perros le habían espantado las cabras persiguiendo a un conejo...

Por la noche, ya bien entrada ella, regresó el sargento de la guardia civil, acompañado del teniente y del dueño del cortijo:

—Parece que ya tenemos a ese pillo, Colás — dijo este al colono.

—¿Qué, se deciden ustedes a subir a la Roca Picuda por la torrentera?

—¡Ca, hombre, ca! —dijo el sargento, frotándose las manos—. Se me ha ocurrido una idea mejor que todo esto. ¿Crees que estamos dispuestos a que esos bandidos hagan con nosotros un nuevo Roncesvalles?

Carmelilla aguzó el oído. ¿Qué era, pues, lo que se llevaban entre manos?

Toda la noche el cortijo estuvo en movimiento. Los guardias civiles se paseaban despiertos, charlando y riendo; los cabos, el sargento, el teniente y el amo salían, con frecuencia, afuera, atisbando el firmamento.

Carmelilla no se acostó. Con el pretexto de que se había de pasar la harina para la hornada del día siguiente, quedose en la cocina. Una angustia indecible se había apoderado de ella. Cuando no pudo justificar más su vigilia, se fue a su cuarto, hizo como que se desnudaba y bajó de nuevo subrepticiamente escondiéndose en un cuchitril que había bajo la escalera, desde el cual veía y oía, sin ser vista ni oída.

Debían ser las tres y media de la madrugada, cuando oyó que el sargento decía al teniente:

—¡Mientras los aviones estén aquí antes de que se haga demasiado claro!

—De noche tampoco distinguirían la Roca. ¡Y como no podrán escaparse porque les cerraremos todas las salidas!

El fulgor de una revelación iluminó la inteligencia de Carmelilla. ¡Los aviones, aquellas máquinas que volaban caerían sobre Manuel y los suyos desde la altura, por allí donde ellos no esperarían ataque alguno! La muchacha no pensó en los explosivos, que desconocía, en las granadas, en las bombas, que harían polvo la imponente mole y a los que en ella se refugiaban.

Solo tuvo una idea: salir de su escondrijo y ganar la calle, conseguir llegar hasta la Roca Picuda antes de que los aviones roncasen en el firmamento.

¡Qué carrera de muerte, qué calvario de agonías de angustia, fue la caminata de la triste criatura, derrengada, con los pies ensangrentados y el terror en el alma, hasta la Roca Picuda!

Llegó a las primeras avanzadas, no pudiendo tenerse en pie. Por poco la mata el centinela, pues ella, sacando fuerzas de flaqueza, avanzó sin escuchar voces de alerta ni montadura de gatillo alguno. Quería ver a Manuel cuanto antes; que estuviesen ya fuera de la Roca Picuda cuando apareciesen los siniestros pájaros de acero.

—¡Manuel, he de hablar con Manuel! —gritó la muchacha—. Soy la misma Carmelilla de esta tarde. Corra, vuele usted, diciéndole a Manuel que venga.

Cuando pudo llegar hasta Manuel, ya clareaba.

—¡Corred, marchad inmediatamente! ¡Los aviones, vendrán los aviones!

En aquel momento, a lo lejos, por entre unas nubes blancas, asomó sus alas gigantescas el primer avión.

Sin necesidad de explicarse más, todos comprendieron.

—¡Maldición! ¡Bombardearán la Roca! —rugió Manuel.

—¡Partid, no perdáis tiempo! ¡Rodearán la montaña con un cordón de guardia civil!

Silenciosamente, con la misma celeridad y voluntad gemelas, el grupo de hombres empezó a descender vertiginosamente la montaña.

Manuel fue el último. Carmelilla, tendida en el suelo, cansada, sentía una indecible lentitud atenazarle los miembros.

—Vete tú también, Carmelilla —dijo Manuel.

—No os preocupéis de mí. A mí nada pueden hacerme.

Tendió sus manos hacia Manuel.

—Dame un beso antes de partir —dijo, con triste sonrisa.

Con los ojos arrasados en lágrimas la besó Manuel.

—Marcha. No pierdas tiempo. Vete, vete.

—¡Adiós, Manuel! ¡Adiós... para siempre!

—Para siempre, no, Carmelilla, que volveré a verte.

Manuel desapareció monte abajo.

06
LA VENGANZA DE LOS GUERRILLEROS

Cuatro días después de lo narrado, un grupo de hombres, envueltos en mantas pardas, avanzaba por un senderillo que, cruzando el Valle, se alargaba hacia la carretera real.

Las primeras luces del amanecer difundían una claridad tenue sobre las cosas. La hilera de hombres, silenciosos y encorvados, parecía un reguero de gusanos. Su color obscuro apenas si se distinguía, a distancia, del de los terrones de tierra de los campos.

A lo lejos, el cortijo del Valle destacaba su masa blancuzca. Y más lejos aún, los ojos entristecidos de los hombres atisbaban la Roca Picuda, volada por el bombardeo, la enorme masa de la montaña, devastada y trastornada como si un cataclismo geológico se hubiese producido.

Cuando el grupo de hombres penetró en la carretera, caminó por ella hasta llegar a un desfiladero. El camino era una garganta abierta en la montaña a golpes de pico y a barrenazos. A ambos lados de la ruta, imponentes, se alzaban los peñascos, la brava naturaleza de aquella tierra indómita.

La guerrilla, silenciosa siempre, admirablemente autodisciplinada, empezó a escalar la montaña por los dos lados de la carretera. Poco a poco, mientras iba amaneciendo, fueron buscando detrás de los peñascos, horadando la tierra a golpes de pico, lugares donde esconderse en una espera misteriosa. Cuando todo el grupo hubo desaparecido detrás de las rocas, de las matas, vientre en tierra, confundido con ella, se hizo un silencio sepulcral. Parecía como si los hombres se hubieran confundido con los minerales y las plantas y nada alentase en la montaña.

¿Cuánto tiempo duró la espera? Media hora quizá; un siglo, sin duda, para los que esperaban. Empezaron a pasar arrieros, autos, por la carretera. Y estaba el Sol a medio camino del cenit cuando, culebreando en una curva de la ruta, el primero de los apostados vio brillar al sol el charolado de los tricornios.

El pelotón de guardias civiles que, desde el cortijo del Valle, dirigieron la gloriosa expedición de la Roca Picuda, en la que solo halló la muerte la infeliz Carmelilla, convencido de que los bandidos estaban lejos de allí, abandonaba el cortijo regresando a la cabeza de partido. Al frente del cuerpo de ejército, arrogante y a caballo, marchaban el teniente y el sargento. No estaban muy satisfechos de la jornada y, en su furor por la fuga de los perseguidos, considerando a Carmelilla culpable de ella, apalearon a su padre y maltrataron a la hermana y a la madre, acusándoles de cómplices. No se atrevieron a detenerles, pues harto veían que había sido solo Carmelilla la que avisó a Manuel, sin que nadie más en el cortijo supiese nada y la que pagó con la vida su generosa hazaña.

Avanzaban más o menos confiados los civiles. De noche no se habrían atrevido a andar en columna por aquellos andurriales. Pero a pleno día y sabiendo muy lejos a la guerrilla, aun los más recelosos se abandonaban a fanfarronadas mascudadas en voz alta.

Enfiló el desfiladero la columna. Y el primer tiro que sonó tumbó certeramente al teniente. Después una descarga cerrada, partida de detrás de todas las peñas, lluvia de balas que parecía descender del cielo, diezmó en pocos minutos al pelotón. Los civiles, alocados, no sabían hacia dónde correr ni contra quién disparar.

Manuel, de rodillas detrás de una mata, tiraba rabiosamente. Allí donde ponía el ojo, caía la bala.

Un cuarto de hora después, la guerrilla abandonaba su refugio, dejando deshecha, entre muertos, heridos y fugitivos, a la columna. ¡La venganza por la muerte de Carmelilla había sido ejemplar y tremenda!

Tan silenciosos como habían venido, se alejaron los guerrilleros. Cuando llegaron los primeros autos al desfiladero, ni rastro quedaba de ellos. Volvieron a cruzar el valle, regresando a la sierra, su refugio bravío, cuadro de una gesta solo empezada.

Desde lo alto de una estribación, Manuel vio una vez más al cortijo del Valle. Cumplida su venganza, nada les quedaba ya que hacer en aquellas tierras. La lucha sería ahora más terrible, más despiadada, engrosado su ejército de rabiosos por nuevas víctimas y nuevos desesperados.

Manuel se detuvo un momento y contempló al cortijo. Sus nervios, en tensión, se aflojaron. Se le hizo un nudo en la garganta, y aquel hombre, que un cuarto de hora antes mataba fría e implacablemente hombre tras hombre, lloró como un niño.

La imagen de Carmelilla, la última visión de la pobre criatura, en aquel crepúsculo preludio de la tragedia del amanecer siguiente, le volvió a la imaginación. Vio sus ojos tan mansos y tan bellos, su silueta contrahecha y esmirriada, que el sacrificio heroico y la dramática muerte agrandaban y eternizaban en su memoria.

—¡Carmelilla, pobre Carmehlla! —balbució el mozo, saludando al cortijo que quizá jamás volvería a ver—. ¡Adiós para siempre! ¡Pero no te olvidaré, oh, no te olvidaré nunca!

***

El Sol iba saliendo, rasgando un obscuro cendal de nubes. Cuando salió del todo, amaneció sobre una roca pulverizada bajo el bombardeo de los aviones. En ella, dormida de cansancio, sumida en un sueño febril de dolorosa dicha, solo halló a una muchacha, cuyas piltrafas rojas salpicaban las primeras piedras que pisaron, vencedores, los esbirros de los poderes que pagan.

Manuel y los suyos estaban ya lejos. La lucha continuaría, más feroz y más desesperada, encendida con el rojo de aquella pobre sangre, tan inocente como las lágrimas de una madre torturada por el crimen de haber parido a un Hombre.

LUMBRE

Fuego o materia que arde, que proporciona luz.
Materia combustible, capaz de destruirlo todo.
Literatura para dar lumbre.

PIEDRA PAPEL LIBROS | CALUMNIA

Esta nueva edición de
La rebelión de los siervos
de FEDERICA MONTSENY
se publicó el día 4 de noviembre de 2025, el
mismo día en el que fue nombrada
Ministra de Sanidad y Asistencia Social
en el año 1936.